Christian Bobin

Le muguet rouge

Gallimard

Christian Bobin est né en 1951 au Creusot.

Il est l'auteur d'ouvrages dont les titres s'éclairent les uns les autres comme les fragments d'un seul puzzle. Entre autres : *Souveraineté du vide, Le Très-Bas, La part manquante, La plus que vive, La Présence pure, L'homme-joie, La grande vie, Noireclaire, Un bruit de balançoire, La nuit du cœur* et *Pierre,*. Il a reçu le prix d'Académie 2016 pour l'ensemble de son œuvre. Christian Bobin est décédé en 2022.

Mandelstam racontait qu'ayant entendu pour la première fois le mot « progrès » à l'âge de cinq ans, il avait fondu en larmes, pressentant quelque chose de fâcheux.

Contre tout espoir
Souvenirs II
NADEJDA MANDELSTAM

Mon père mort me montre deux brins de muguet rouge. Il me dit qu'un jeune homme là-bas, dans une montagne du Jura, a inventé ce muguet et envisage de le répandre sur le monde. Il m'invite à aller le voir. L'homme tient une auberge au bord d'un lac. J'y mange une omelette, bois un vin de paille. Quand je lui parle des fleurs, mon hôte me conduit au-dessus d'un pré en pente : des dizaines de muguets rouges fraîchement poussés s'apprêtent à incendier la plaine. Je reviens vers mon père, lui demande qui est cet homme. Il me répond que c'est une partie de sa famille dont il ne m'avait encore jamais parlé. Va les voir, me dit-il, apprends à les reconnaître.

Des yeux qui cherchent le vrai au fond de la mine, des cheveux de buisson ardent, des lèvres de montagne douce : le visage de Dora Diamant dès leur première rencontre délivre Kafka de Kafka. Les heures d'étouffement, elle devient l'air qui manque à la gorge de Franz. Pour l'année qu'elle offre à Kafka, dernière année du poète, elle a son nom gravé dans le marbre des siècles. Ils projettent d'aller vivre au Moyen-Orient. Quand le soleil lassé se couche, nos projets s'enflamment, c'est l'été indien de l'âme. Nous partirons, c'est sûr, nous allongerons notre foulée et l'ombre s'essoufflera à nous suivre. Dora soupèse l'âme de son amant, l'engendre autant qu'elle l'aime. Ses livres, elle les comprend mieux qu'une mère son enfant. La phrase de Kafka brille sous la suie de l'encre. Même porteuse de bruits de bottes, elle a cette douceur surnaturelle qui raccompagne un enfant somnambule au lit, délicatement, sans le réveiller. En sécurité. Kafka meurt. Dora s'évanouit sur sa tombe. La famille de Kafka jette des pelletées de gêne et de mépris sur cette vision.

Le chat sauvage boit l'eau de pluie dans l'assiette sur la terrasse, puis s'éloigne noblement comme s'éloignent les morts.

Dora, tu mourras deux fois. Une première fois de ma mort, une seconde fois – plus lente que le poison, trente ans – de l'ignorance qu'ils ont de moi. Ils publieront mes cahiers. Mes yeux qui sont d'un enfant étonné par leurs coutumières tortures, mon nez rapide comme une signature de l'âme, mes lèvres qui dérivent en barque sur le Temps, ils en feront une Joconde, une de ces horreurs de beauté qu'ils appellent des icônes. Toi seule auras lu les œuvres complètes de mon cœur. « C'était le plus gai des compagnons », diras-tu. Personne ne te croira.

Sur la tombe de Dora Diamant à Londres un brin de muguet rouge, et ces mots : « Seul qui connaît Dora sait ce qu'aimer veut dire. »

Je suis un taureau avec dans son mufle l'anneau du poème.

Dans la nuit sentimentale les assassins arrivent.

Compressés par dizaines dans les camions à étages qui traversent l'Europe, assommés par les gants de boxe du soleil, les veaux aux gros yeux prune suent la sueur du Golgotha. Leurs sabots glissent sur les traverses souillées d'excréments. Ils souffrent avec tant d'innocence que l'esclave conducteur arrivé aux abattoirs, déverrouillant les portes arrière du camion, déverse dans l'air des dizaines de saints morts avant leur mort.

La moderne mise à mort fait l'économie du bourreau. La victime tient tous les rôles.

Le *Titanic* menait au diable sa première fournée de crédules.

Un homme hanté se multiplie. Il porte à son poignet un carré plus noir que la nuit où s'est pendu Nerval.

Quelques pas dans la campagne. Les volets clos des petites maisons parfaites nous jugent. Leurs hortensias aux ventres bleu-rose de femmes enceintes nous acquittent. Le cheval s'approche pour recevoir notre bonjour en feignant l'indifférence. Il a une robe d'un blanc lumineusement sale, épaissi par endroits de cordelettes de poils humides. Aucune robe de mariée n'a jamais donné autant de joie à ses témoins. Ses yeux de lacs de montagne regardent Dieu par-dessus nos épaules.

Terrible amitié des écrans qui ne dorment jamais.

Plus d'âmes, que des clients.

Elles viennent à trois un dimanche, montent en riant l'escalier plein d'échos, s'arrêtent devant la porte comme la garde du ciel. Kaïssa, Laure-Lune, Ostande: trois fois le printemps assis – dans deux fauteuils d'osier et un de cuir. Celle à ma droite a des yeux qui se cachent derrière un buisson, s'écarquillent crânement au premier mot. Une autre porte un prénom choisi par son père en mémoire d'une chanson mélancolique contre laquelle elle lutte avec panache. Sur la tête elle a un feutre brun avec un deuxième visage dessiné dessus – souriant. La troisième, d'une retenue vibrante et lumineuse, a le cœur qui s'ouvre en amande à la conversation. Elles parlent de musiques royalement pauvres et de miroirs suspendus aux arbres. Elles nous donnent des noms, des adresses, nous révèlent l'existence d'un peuple éparpillé de jeunes âmes par grâce inconnues, réinventent la joie sur Terre. Dans la bibliothèque, après lui avoir parlé de cet écrivain devenu une légende chez les moineaux, les ronces et les nuages, plus énigmatique que Lao Tseu sur son buffle, je montre à Ostande une photo du vieux Dhôtel avec son chapeau effondré et son œil crevé. Sa jeunesse éblouie pousse un cri d'admiration.

Du temps passe. Les glaneuses de muguets rouges nous quittent. Elles ont roulé six heures pour venir à nous. Trois sœurs d'âme, chacune sculptée et mouvante dans le roc de sa vie *unique.* La même fille à des millions d'exemplaires court le monde et les images. Elles ne lui ressemblent pas. Avant de partir elles laissent le mot qu'elles avaient inventé pour cette rencontre. Elles descendent l'escalier en chantonnant. Ces *filles du feu* ont de la route à faire. Je ferme la porte, je me retourne, je vois sur la table le poème qu'elles nous ont laissé – ordre de mobilisation de la jeunesse.

Un ami c'est quelqu'un à qui on fait le cadeau de l'étonner.

permettez

à plus d'un titre,

de prendre corps en vous

s'exposer

à un mouvement choisi

instinctivement

grandir le

rendez-vous

sous tous ces aspects

Là où vous vous trouvez.

porte en creux

au grand jour.

Il suffit pour éclairer la vie entière de la braise d'une cigarette dans la nuit des rues où deux amoureux se raccompagnent l'un l'autre jusqu'au petit matin, triomphe du muguet rouge.

Les manouches roulent vitres ouvertes, d'un malheur l'autre. Entre les deux il y a la route et le ruban de cette musique si joyeuse qu'elle rend Dieu innocent de ses fautes.

Il a quatre-vingt-huit ans. Des milliers de jeunes suivent son chemin de violoneux. Le monde s'effondre comme une roche cariée se détache d'une falaise et mon cœur fleurit du même tissu que les chemises de Stéphane Grappelli. Il les a décrochées en courant à travers une forêt d'érables en feu. Celui qui pille la garde-robe du soleil et dont le violon fait danser les étoiles ne vieillira jamais. Toutes les catastrophes nous sont arrivées en une seule fois à l'instant de notre naissance, quand notre berceau a coulé après avoir heurté la banquise du monde et que notre mère dans la nuit penchait sur nous une lanterne d'angoisse. Le monde s'en va. Ce ne sont pas seulement les banquises qui s'effondrent, c'est notre cœur. La musique nous ranime, frotte nos joues avec la paille de l'air.

Descartes, mon pauvre René, qu'est-ce qui t'a pris ? Tu dis des animaux qu'ils sont des machines ? Mais les trois secondes où le chat après manger se lèche les babines c'est d'Artagnan qui s'essuie les moustaches après un festin ! Le vagabond joue pour les anges qui ne pensent pas, René, qui n'ont jamais souci de penser, *qui s'illuminent.*

Dans la brume des abstractions, des mygales cheminent.

Les chiens électroniques perdent leur flair devant un cœur en crue.

Dans des cathédrales creusées dans le sol, les essaims des abeilles d'Éthiopie balancent doucement dans l'ombre comme des lustres. Aller d'une présence subtile à une autre présence subtile pour en extraire une nourriture solaire est un travail d'abeille et de poète. Ce monde détruit les deux.

La calligraphie fut inventée au Japon au quatrième siècle d'après les empreintes de pattes d'oiseaux sur le sable d'une plage. Au vingt et unième siècle le monde travaille à effacer les oiseaux et l'écriture manuscrite – mais partout et toujours sur Terre des petites mains ailées de deux, trois, quatre ans, barbouillent du papier, cassent des craies, peignent sur les murs et les vêtements, « en mettent partout », écrivent.

Le cheval du monde a mis bas son cavalier, il s'échappe et ses sabots qui tapent le néant en tirent des étincelles que les sots admirent.

La Jeanne d'Arc de l'anti-machine apparaît avant que la pluie noire des chiffres retombe sur le monde. Blonde comme un ciel bleu, ses yeux comme une meute de loups ou une ramure de lilas, plus propres que le sable d'une rivière très pure, ses lèvres fines sans être avares, irrégulières, parfois pincées dans l'effort ou l'extase du jeu, mordues par deux dents enfantines qui très légèrement s'avancent, merveilleux fantômes des dents de lait, ce visage fait des visages réunis de l'enfance, de l'adolescence et de la femme éclose, charmant sans y penser, plus fou que les blés sous le vent, l'amant brutal et sans reddition de la vie : le visage de Jacqueline du Pré.

Son violoncelle fourré entre ses cuisses, pressé contre sa poitrine, a une voix rauque, parfois un filet de souffle et le visage de sa maîtresse roule au-dessus, possédé, délivré. Ses robes en étoffe de liserons dansent autour d'elle quand elle entre en scène. Le violoncelle frémit d'entendre son pas. Aucune affectation, la vérité seulement, partout, toujours, qu'elle cuise des pâtes ou qu'elle joue une musique qui fait fondre la glace des smokings. À cinq ans, entendant à la radio un violoncelle elle décrète : « Je veux le machin qui fait ce bruit-là ! » Sa mort se met aussitôt en route pour son Annonciation : « À l'âge de vingt-sept ans tu apprendras que tu portes dans ton corps glorieux une sclérose en plaques. Tu ne pourras plus aller au bal avec ton amant de bois verni. »

La quatrième suite pour violoncelle de Bach avance, risque et tranche. Le chemin s'invente en marchant. Le chemin c'est un pied, et Dieu une caisse en bois. L'ongle cassé du violoncelle, ses chutes de tension délivrent de la dictature du lisse. La râpe de l'archet sur les cordes fait voler dans l'air des copeaux de lumière.

La porte du paradis grince merveilleusement.

Il fait froid, j'allume la troisième suite de Bach. Violoncelle, gros chien d'avalanche. La musique va et vient dans la pièce comme les volutes d'un bon tabac. Elle ne fait aucun bruit.

Le printemps va si bien à tes yeux. La lecture est la grande affaire de la vie. Même les loups et les bébés la pratiquent : le plus vite possible reconnaître qui s'approche. Les poètes portent cet art à son point d'incandescence. Tout leur est une lettre à déchiffrer. Jacqueline du Pré portait sa mort sur ses épaules. À huit ans elle joue avec sa poupée, s'interrompt, dit à sa sœur : « À vingt-sept ans j'aurai une maladie, je ne pourrai plus bouger. » Puis elle reprend son jeu.

Le balai du Progrès est passé sur le langage. Dieu pèse moins qu'une miette de pain. On l'a jeté aux oiseaux du jardin puis on a terrifié le jardin, lapidé les oiseaux.

Au bord de la route exaltée par une pluie d'été m'apparaît la suite des trembles. Leurs feuilles palpitent comme des flammes, images de l'écriture : une clarté de muguet rouge qui court *sans s'attarder* par-dessus chaque mot. J'ai pensé à ton visage dans la nuit du monde.

La poésie est don de lire la vie. Est poétique toute concentration soudaine du regard sur un seul détail, que provoque notre désir enfantin de ne jamais mourir.

Sans arrêt passer dans les chambres de papier, que personne ne dorme, que même les virgules et les points restent éveillés jusqu'à la fin du monde.

Ce livre râblé comme une taupe en cuir engourdie sur la table, née bien avant la Révolution : *L'imitation de Jésus-Christ,* traduit par Corneille. J'ouvre au hasard : « la vie est un torrent d'éternelles disgrâces ». La poésie seule dit le pire comme on doit le dire, avec un ton enlevé, soulevé. Il est huit heures du matin et j'entre ravi dans le « torrent d'éternelles disgrâces ».

Éclairer une seconde, c'est éclairer pour toujours.

La momie dans le scanner éclate de rire.

Le métro transporte sa cargaison de visages gris. Une jeune femme entre dans le wagon avec son bébé endormi dans la poussette. Le sommeil du nourrisson engendre un soleil de plusieurs mètres de diamètre. De la lumière monte d'un livre lu par mon voisin. Je lui demande ce qu'il lit : « Plutarque. » Je comprends mieux mon étonnement : la lumière venait du premier siècle.

Nous avons broyé les jambes de l'éternel. Il ne peut plus faire un pas vers nous.

Au grenier, un livre sorti d'une caisse vient à ma rencontre. Ses phrases, s'enlaçant comme lierre à mes jambes, se glissent sous ma chemise, mordent au cœur. Quand je descends dans le salon, il fait nuit. Je viens de passer vingt-cinq ans prisonnier en Angleterre avec Charles d'Orléans.

Nous étions des rois. Des fleurs tombaient sur nos épaules, des diamants. C'était une seconde après notre naissance, et une seconde après notre mort.

Mes mains sont ce lutrin fait pour accueillir les ailes battantes d'un livre.

La fausse présence dans leur poche, sur leur table, c'est leur pain, leur bible, leur père, leur mère, une toute petite pierre tombale vitrée sur laquelle ils se penchent jour et nuit pour tutoyer des ombres pendant que leur vie se décolore.

La modernité est le crime parfait – même le mort ne s'aperçoit pas qu'il est mort.

Le chêne s'arrête devant moi, essoufflé. À cet instant je quitte le monde. Je n'y crois plus. Les sourires vieillis en fût des gouvernants, les livres du jour avec une date de péremption, la dent en or des chanteuses, je n'y crois plus et je regarde le chêne avancer d'un mètre puis deux. De lui ne me viendra jamais aucun mal. Nous sommes épris de la même absence. Qu'on ne me dérange pas. Je m'entretiens avec un arbre dont la familiarité croissante me réjouit. Ses feuilles lapent l'eau dans la coquille Saint-Jacques de mon cœur. Elles couvent le complot des geais, leurs alertes claquantes de becs en bois. C'est une fin de mai. Les brises s'entrecroisent, porteuses de parfums qui sont autant de sourires. Je me tiens près du chêne. Il respire de toutes ses feuilles.

L'écriture, moineau tombé du nid de la vie sainte, j'ai appris à lui donner la becquée. Un peu de songe trempé d'encre. Je me suis retiré de moi pour la laisser venir. Et voici qu'elle me rend tout au centuple. Elle est ce chêne, elle est ce souffle, cette prise de l'invisible dont les bras me serrent tout en prenant soin de me laisser seul. Un monde où le monde n'entre pas. Un quadrillage d'ailes, de rumeurs et de secrets. L'écriture s'oublie dans la fête qu'elle donne. Elle n'est plus rien – et moi, pas plus. Dans ce monde où ne pas être connu est la seule figure du néant, disparaître une seconde de son vivant est une extase.

La délicatesse d'un seul arbre, fût-il le dernier sur cette terre, remettra tout en place, en ordre. En vie.

Mon père dans le jardin de l'affreuse maison de long séjour, une semaine avant sa fin, avait trouvé un geai mort. Ses mains se creusaient en berceau pour l'accueillir. Ses yeux s'ouvraient à l'infini du bleu strié des petites ailes. Il venait d'enlever deux tours à la mort.

Tous les mystiques portent un sac de farine sur leur dos. Quand on les suit on se retrouve tout blanc. Le sac était percé.

L'escalier du 17 rue de l'Université est l'eau du Temps changée en pierre.

Poussant les volets, je reçois en plein visage le sourire de mon père disparu.

Je ne suis pas plus religieux que le muguet sauvage. Pas moins non plus.

Les vaches ruminent un poème. Mon cœur comme une boule de bowling file dans le couloir mouillé de leurs yeux. Les trains anciens mènent au ciel leurs endormis. Mon corps s'enfonce dans la meule de l'Auvergne. Clermont-Ferrand, tes volcans ont troqué leurs tabliers de forgerons contre les bonnets boisés de nourrices dépoitraillées qui donnent à tes habitants un lait noir de silence. Pascal a bu de ce lait. Ses pensées sont des plaques de lave encore fumantes. Les hommes sont des sangliers qui cherchent une pensée enfouie. Les femmes, un morceau de ciel. Elles cherchent un lac, un étang, la prunelle des yeux où, se reflétant, elles se connaîtront. J'écoute un peintre dire par cœur un poème de Tranströmer dans ce *café des libellules* à Clermont où, serrés comme des sardines, nous sentons le souffle glacé de l'avenir dans notre cou. Tranströmer s'occupait d'adolescents en difficulté. Adolescents et hirondelles sont des sources de pur chagrin.

Matin d'été. Mon cerveau au réveil, lent comme une méduse. Les lettres de mon prénom, lavées une à une dans la rivière de nuit, se réassemblent. Une pluie fait sa dictée sur les toits orangés. Athlétiques maîtres du monde, maladivement sains, je n'ai que la jolie pluie d'un dimanche à vous opposer – mais je crois que cela suffira.

Je suis une de ces marches qui permettent aux puissants d'entrer dans la résidence du Premier ministre. J'entends le souffle de ceux qui appuient sur moi la semelle de leur impatience. Ils bondissent vers la mangeoire. Mes vertèbres pèsent leur orgueil au gramme près. En face de moi un micro, piqué dans le gravier comme un roseau stérile. Les hommes de pouvoir ont des têtes de lion en pierre. De leur bouche, aucune eau ne coule. Ces fontaines sont mortes. « À bas le ciel, vive la mort, vive l'enfer » – cris entendus en 1789. Dieu en chemise blanche bouffante, le col coupé au ciseau par le bourreau. La Révolution française n'a pas de portes, que des fenêtres. Nous regardons ses habitants, ils nous regardent. Nous sommes eux, ils sont nous. Une innocence lave à grande eau le parquet rougi de l'univers. La nuit mes sœurs et moi, quand personne ne nous voit, pas même le gardien du ministère, nous nous déplions comme les soufflets d'un accordéon pour respirer et laisser les étoiles venir à nous, parler un peu, parler vraiment.

Je cherchais l'enfant en lui, je n'ai trouvé que son meurtrier.

Éprouver à vingt ans l'extase de la chair souple, plonger dans le vide pour connaître le raccroc de deux mains aimantes. Enfin vieillir : le corps passe le relais à l'esprit qui devient à son tour infiniment souple, aventureux, embrasse l'air et la tombe, voltigeur.

Après sa mort Blaise Pascal continua à penser. Les ténèbres reculaient, intimidées par le bruit sortant de son crâne, semblable au souffle des pales d'un ventilateur suspendu à un plafond – sabres tranchant l'air et toute objection possible. La plaque inventée par Gutenberg pour imprimer une page, avec ses caractères de plomb enchâssés : un gaufrier. « Monsieur, me dit le vendeur de livres anciens, cet exemplaire des *Pensées* de Pascal est de 1762 et voyez, il est râpé sur chaque bord de la couverture, aux deux tiers, là où appuient les pouces du lecteur passionné. J'ai remarqué que ce texte, dans n'importe quelle édition, à n'importe quelle époque, présente toujours les mêmes stigmates. Il est le seul. »

Au dix-septième siècle Descartes sépare fibre à fibre la pensée et la vie. La pensée en devient folle comme un frelon et la vie développe une maladie de chiffres. Nous avons, dit Giambattista Vico, « préféré le certain au vrai ». Le vrai est humain, impossible à incarcérer dans un chiffre.

Le taux de nihilisme augmente dans le sang.

Samson François, pianiste du noir et blanc, fine moustache crémeuse, bajoues de chat, visage lavé par le battoir du jazz. Sa mèche corbeau sur son front en sueur est le rideau d'un théâtre de poupées. Lourd de chair et de whisky, voilà qu'il dégage ses mains du ciment de son smoking et les abat sur le clavier, réveillant tous les spectres de la nuit. Ses amis : Ravel, mondain qui rentre seul le soir dans sa maison boîte d'allumettes. Debussy, enfant barbu qui lance des horloges dans un étang et compte les cercles sur l'eau. Si l'âme a un chien à ses pieds, lourd animal veillant sur le repos de sa maîtresse, sursautant au moindre bruit du silence, alors Samson François est ce fidèle gardien.

Je vais souvent chercher mes lunettes dans les siècles passés. Cette fois j'ai dû les oublier dans la steppe du côté de Kazan, au bord de la Volga où j'écoutais de vieilles berceuses tchouvaches.

Les lunettes rondes en plastique doré, oubliées sur la table de chêne, ont soudain porté témoignage devant l'éternel pour la montagne de lunettes dans la vitrine d'Auschwitz.

Économistes, bouilleurs de chiffres, je connais tout de votre pensée par la seule vision des grands chênes de la forêt abattus par l'argent – statues de l'île de Pâques gisant dans la boue sans sépulture.

Dans le train de nuit, ce voyageur courbé sur une petite machine. Des fantômes phosphorescents en sortent, qui s'agrippent à lui comme dans le Bardo Thödol des Tibétains, ces jours après la mort où le défunt est en proie aux ténèbres de son esprit. Il a maintenant juste assez d'énergie pour éteindre et céder, cou cassé, à un sommeil qui l'enfonce dans le centre de la terre où sont diamants et diables.

La vie me dit : « Tu veux recevoir des fleurs de tout le monde sauf de cette personne ? Eh bien je t'envoie des fleurs de cette personne. Qu'est-ce que tu dis ? » Je réponds : « C'est merveilleux. » La vie : « Là, tu m'épates. »

Même l'enseigne du magasin funéraire vieillit – ça fait plaisir, comme voir des rides au visage de la mort.

Recevoir sur la main une goutte de pluie, une seule, et par ce contact converser avec tous les morts des siècles passés.

Chacun va vers la place de Grève, qui en Rolls-Royce, qui à dos d'âne. Chacun est le génie de sa propre ruine.

Ils jettent à la Bête la viande d'un mot ou deux, en lui criant : « Cherche, cherche. » En un millième de seconde elle leur ramène un gibier fantôme. Ils s'émerveillent de l'habileté de la Bête, ne sentant pas ses crocs s'enfoncer un peu plus à chaque demande dans leur cœur.

Le carrosse du vent, toutes portes ouvertes, bringuebalantes, transporte comme une reine l'odeur de l'herbe coupée. La vie est une drogue. La mort est son sevrage qui nous rend plus jeunes encore qu'au berceau où nous sommes saturés de gloires. Il y a deux forces inépuisables dans le monde, celle des nouveau-nés et celle des morts. Le seul fait de vivre, d'être jeté au monde comme on est jeté aux chiens, nous crée un devoir envers ceux qui nous ont précédés sur ce chemin, sous cette charmille, dans ce cyclone. Les morts nous ont menés, siècle après siècle, au rivage de la vie. Nous leur devons bien un peu de lumière. Être dignes d'eux, ne pas abîmer ce qu'ils n'ont plus. Nous avons le devoir d'enchanter le bout de tissu que nos doigts de nouveau venu serraient au fond du berceau. Ce tissu est la vie entière, légère, froissable.

Que jamais le nihilisme ne vienne prendre son impôt sur le bord de mes lèvres.

Dans la salle d'attente de la gare un petit fonctionnaire de plastique blanc, souriant, mène les derniers humains à un désespoir inconnu.

Ta main gauche sur mon épaule droite en descendant un escalier : quel est ce poids qui m'allège tellement ?

Sous nos pieds un torrent nous emporte vers un océan de pierres précieuses.

Sur le chemin de la boîte aux lettres, je tombe en arrêt devant un caillou de granit rose piqué d'étincelles blanches. Sa présence remplit le monde. « Toute la vie s'est réfugiée en moi. Par tes yeux, par l'attention que tu me portes, tu me vois, donc tu vois Dieu. » Au bout de quelques minutes je me secoue de ma vision comme un cheval frissonne. La nuit suivante, je sens le caillou dans ma poitrine. Il respire très légèrement.

La musique de Bach c'est ce qui sort d'une pierre qu'on casse.

Les yeux de ma mère au dernier jour brillaient comme les feux arrière d'une voiture dans la nuit. J'ai senti la voiture accélérer, disparaître.

Ma mère était un mégalithe. Sa chair était du granit, son âme une toute petite bulle d'air à l'intérieur.

À cent ans elle venait d'entrer à l'école maternelle de la mort.

Les morts ont trouvé la clé sous le tapis et nous, nous restons devant la porte close, pas tout à fait seuls : il y a ce reste des voix aimées dans l'air, diamants d'un carat.

Saint-Malo. Le soleil embrasse comme un enfant chaque adulte autour de la table avant d'aller dormir au fond de l'océan.

Pour écrire un livre portant le nom d'une fiancée disparue, et parce qu'il a besoin d'un coucher de soleil jadis admiré à Chantilly, Nerval reste huit jours sur place. « Ce voyage à Chantilly m'a coûté deux cents francs, et je n'ai pas écrit plus de douze lignes, c'est un coucher de soleil qui m'a mangé beaucoup d'argent et qui ne m'a rapporté que vingt-quatre sous. » *Sylvie* est un livre écrit par le printemps. Ni par un homme, ni par un dieu. Par le printemps.

Gérard, le « doux Gérard », poète de naissance que son père destinait à la médecine, dès la vue de son premier mort sur la table de dissection s'enfuit en courant de l'amphithéâtre, commence à écrire assis sur une borne, sur le parapet d'un pont, dans un café, dans le boudoir d'une comédienne. Partout. Une dizaine de lignes, pas plus, sur des bandes de papier qu'il relie avec des pains à cacheter – ces petits ronds de pain très mince sans levain, qui servent à cacheter les lettres. Jamais écriture n'aura été aussi nourricière, associant blé, cire et cœur. Nerval s'enfonce dans la forêt phosphorescente du rêve d'où il ne reviendra pas, où l'appelle sa mère disparue sans tombe dans un pays de l'Est quand il avait quatre ans. Elle l'appelle de l'intérieur de lui. Elle n'a pas d'autre tombe que le cœur de son fils et les alvéoles dorées des petits théâtres rouges à l'italienne où elle lui présente de belles actrices, fantômes talentueux du plein jour. Ces féeriques apparitions le mèneront jusqu'à une nuit de janvier 1855 rue de la Vieille-Lanterne. Gérard Labrunie dit Nerval est cet enfant qu'on retrouvera là, pendu, un lacet blanc autour du cou. La neige veillera jusqu'au matin un des siens.

Les lettres de Nerval, proposées au plus haut prix par les pillards de la chambre funéraire, sont les vestiges d'un rite dont on a perdu le sens.

De *Sylvie*, quand j'ouvre ce livre, un brin de muguet rouge tombe à chaque fois.

Penchés sur le Gutenberg du diable ils ont le regard médusé de ceux qui regardent un proche les abandonner, et ce proche c'est eux-mêmes.

Chacun tient dans sa main le miroir des aveugles. Ce sont les tables portatives de la nouvelle Loi : ton âme, tu la jetteras avec toutes les choses vieilles de plus d'un jour.

Une voiture, la nuit, l'avait renversé. Les étoiles seules avaient crié. Je le découvre près de la source, au bord de la route. Son œil est plus grand que la galaxie. Les forêts que ce daim avait connues comme on connaît dans l'amour, les trompettes des jonquilles de Jéricho au printemps, l'inquisition des chiens de chasse, les conseils prodigués par les arbres dont les racines s'enfonçaient plus loin que la mort, l'intelligence de la rosée sur la peau, s'allonger et goûter par instants à l'absolu d'une clairière nappée de muguets rouges, demi-dormant, orphelin béni de l'air : tout s'était après le choc condensé sous le voile noir de son œil. À l'abri.

Un grand silence viendra qui fracassera tout et nous rendra à nous-mêmes.

Je voudrais être enterré dans une bouteille de whisky pour y maturer, et qu'on y ajoute une queue de lézard pour donner du goût.

Le caillou et moi sur ce quai de gare, nous nous sommes mesurés du regard. Deux, trois secondes à fixer ce minuscule éclat de pierre. J'ai détourné les yeux. J'existais moins que lui. Je suis monté dans le train pour Paris. Mon cœur est resté prendre conseil auprès du gravier libre à ne pas croire, vivant d'une vie exposée à tout. À Paris-Nécropole, mon cœur m'attendait. Le petit caillou avait donné sa leçon. Vide de tout, plein de feu, j'ai commencé ma journée. Une poignée de gravier jetée sur une peau de tambour.

Son menton en meringue, ses joues de forge, David Oïstrakh joue du violon avec la précision d'un coiffeur. Le son est plus fin qu'un cheveu, et ce cheveu plus résistant que les câbles du viaduc de Millau. Oïstrakh se saisit du cœur comme d'un morceau d'épicéa. Il le rabote jusqu'à rendre *visible* la poussière de chaque note.

Le manque que j'éprouve de cette musique est plus grand qu'elle. L'absence, le vide, le manque – qu'avez-vous fait d'eux ? C'était notre seul bien.

« Ces petites chapelles en bois du Nord sont comme des enfants, on n'a pas le droit de leur faire du mal », écrit Akhmatova au Pouvoir qui veut les abattre.

Ce bel éclair de rêverie qui traverse parfois les yeux des bêtes sauvages et leur fait manquer leur proie.

« Il me semble que vous avez attaché vos lacets de souliers l'un à l'autre. »

À la veste du prêtre brille l'orgueilleuse modestie d'une toute petite croix – symbole du sacrifice qu'il ne fera jamais. Il a fait installer dans l'église un boîtier électronique pour les dons. Le petit peuple gitan des bougies, réduit à d'avares coupelles de cire rouge, connaît l'anéantissement raisonné des Inuits et des Indiens.

Mendier est notre vérité. L'argent papier disparaîtra, les mendiants avec, et Dieu dont ils furent pendant des millénaires l'image traquée.

Un camion benne traverse les phrases de l'Apocalypse de saint Jean. Les mouettes criaillent au-dessus des déchets cartésiens.

Être élégant avec un rat.

Triomphe des corps inhabités, acclamation des chiffres, gloire des images idiotes, jamais personne ne se sera autant agenouillé que les modernes prétendument non religieux.

L'été durait plus longtemps que la mort. Les roues géantes des tracteurs écrasaient ma poitrine, ouvraient des sillons d'encre noire. L'entrée des champs bressans avec leur plaie inguérissable m'apprenait à devenir ce que je voyais, me préparait à l'écriture.

La deuxième vie des baignoires commence dans un pré, c'est la plus belle.

Je remplis ma tasse de café avec une phrase de Pascal. C'est une phrase des hauts plateaux de l'esprit, acide, longue en bouche, brûlante. Les restes de Pascal sont dans l'église Saint-

Étienne-du-Mont, à Paris. Sa mort n'a guère trouvé à se mettre sous la dent : l'homme de son vivant était réduit en pensée, et sa parole torréfiée. J'avale d'un coup la phrase de Pascal. Elle me réchauffe.

Seul dans un palais vénitien. Les plafonds planent comme des oiseaux de proie. Les murs sont humides. Cela ressemble à la maison d'enfance mais agrandie mille fois. Aucun meuble. Le soir commence à pincer sa corde violette. Il est temps de fermer les volets. J'entre dans une chambre, trop tard : un ours s'est glissé par la fenêtre ouverte. Une montagne noire qui bouge sans bruit, pas plus menaçante qu'une feuille morte filant sur une rivière. Je ferme la porte sans hâte. Je vais dans une autre chambre. Là aussi, trop tard : une panthère s'est coulée comme de l'eau dans la pièce. Elle a la souplesse d'une brise de printemps. Je referme la porte. Une voix, la mienne, me dit : « Ce sont tes puissances qui te reviennent. »

Le diable a ses miroirs de poche où il s'admire, sentant monter en lui peu à peu l'ennui de n'avoir presque plus d'ennemis.

Les fleurs sont des questions qui viennent vers nous et nous supplient de ne pas répondre.

La reine-des-prés porte la même robe depuis des siècles. J'aime les chrysanthèmes comme on aime un animal dont la fourrure contient un soleil et une lune. Leurs pétales sont des griffes rétractiles. La moindre fleur va au bout du monde et même au-delà. On a toujours l'air idiot quand on parle de fleurs. C'est oublier leur armée libératrice. Le tapis de bombes des fleurs du genêt. Le parachutage des fleurs d'acacia. Le débarquement du lilas sur le rivage de nos paupières.

Sur plus d'un kilomètre des dinosaures plantent leurs crocs d'acier dans le goudron de la route. Ils ouvrent une plaie dans laquelle se glisse le câble aux anneaux argentés par lequel passeront les ordres de plus en plus nerveux d'un roi commerçant qui n'accorde aucune grâce à ses sujets. « Tu achèteras des choses, beaucoup de choses et si un jour, devenu pauvre, tu ne peux plus acheter, nous te chasserons de la ville, de nos pensées, de nos yeux, et tu existeras moins que les morts. »

Le monde plusieurs fois par jour sort de son lit et recouvre les cerveaux. Quand les chiffres se retirent on voit les traces dans nos yeux.

La neige est cette enfant si belle qu'elle prend toute la place dans la famille. Elle me fait escorte dans la nuit sur la route. Cette incroyable douceur que nous ne méritons pas. La férocité distraite des voitures pousse derrière. La route habituelle est barrée, je ne vois pas à dix mètres devant moi, je roule dans l'encre noire.

Vêtus de noir, couleur officielle du spectacle, les ascètes programmateurs présentent sur un écran géant la Bête qui mange le Temps. Sa peau de verre est de plus en plus fine : à peine un millimètre – la distance qu'il y a entre l'Apocalypse et nous.

La Machine mère pond jour et nuit des millions de petites machines. Elle se moque de ceux qui la contestent. Opinions et discours sont des fientes chaudes sur la paille électronique.

De plus en plus de gens meurent de chagrin sans que nul ne s'en aperçoive, pas même eux.

Je n'ai jamais rien su faire dans le monde que m'asseoir sur les marches d'un poème et mendier.

Tourterelle, debout à ma fenêtre j'étais si las d'avoir encore tant de jours à vivre que je suis mort pour devenir vous.

Un nouvel homme arrive à qui on a volé son cœur. Quand il lève la tête, il ne voit plus de ciel au-dessus. Il est né dans l'avenir.

Un monde enténébré par ses lumières.

Les infernaux vident leurs poubelles dans la Voie lactée. Ils prétendent réparer la vie avec les outils qui l'ont détruite.

Ils courent pour fuir la tempête que leur course engendre.

Me voilà devant une cour d'usine, seul. C'est la nuit. À ma gauche, à ma droite et devant moi des murs de fers ondulés, noirs. Ils montent jusqu'au ciel. J'avance. L'éclair qui traverse mon cœur va trop vite pour porter quelque nom que ce soit.

Père, je garde en héritage ton visage baigné par les ondes d'un sourire jusque dans cette apothéose du mal, le pillage de ton cerveau, toi seul face à l'éternel dans cette maison des morts, et derrière le méchant verre brouillé de tes lunettes, les aurores boréales de tes yeux. Je n'ai jamais connu plus grande énigme que ton sourire à l'heure où ton nom n'était plus qu'une étiquette cousue sur tes vêtements que les gens du nettoyage mélangeaient à d'autres, perdaient. Ce sourire est dans ma poche. Je peux le donner sans le perdre.

Il y a une sainteté noire de la technologie, une volonté de rendre possible l'impossible. Malheur à qui voit venir à lui la forme de ses rêves.

J'ouvre le livre d'Akhmatova. Quatre vers. Quatre poutres métalliques transportées par des bagnards en Sibérie, abandonnées depuis des siècles dans la neige de la page. Leur éclat raye mes yeux. Il faudra des milliers d'années pour que les déchets d'uranium ne soient plus mortels. Il faudra beaucoup plus, avant qu'un poème cesse d'irradier par son silence un lecteur de hasard.

Le nageur nage encore mais la plage est morte.

Réveillez-les, ils vous tueront.

Une joie éclate dans ton cœur, monte à tes yeux comme une reine sur ses remparts. Sainte odeur du pain grillé, camaraderie du thé noir, la vie n'est qu'un bivouac. Tu me parles, ton bras gauche allongé sur le dossier du banc, et soudain je ne vois plus que ta main oubliée de toi. Elle prend le pouls du bois contre lequel elle s'appuie. Le thé a une saveur de brique et l'éclat d'un sable noir. Tes paroles chavirent comme une grappe d'étourneaux. Le monde a disparu. Ne reste que ta main gauche légèrement bombée comme l'aile d'un cygne glissant sur le Temps. Si je devais te peindre pour te faire traverser par un portrait les siècles de ta mort à venir, je peindrais cette seule main dont les lignes sans bouger vont à l'infini, l'élégance de ton âme qui prend l'air, le repos mérité de la reine de Saba.

L’âme est une espèce non protégée.

Souvent j’ai vu ton âme changer de forme. Un jour elle fut ce lynx qu’on avait embastillé dans une cage pour le relâcher dans la nature. Les hommes faisaient un demi-cercle derrière la cage. Ils ont ouvert la grille. Il n’y eut d’abord que du silence. La sourde retenue d’un cœur à l’intérieur de la cage : une nuit aux yeux d’or qui pesait le pour et le contre. Puis, superbe, le jaillissement du lynx. Un vol plus qu’un bond. Nul n’aurait pu s’interposer entre lui et sa faim terrible du grand air, de l’amour pur – pas même Dieu. Oui, ce jour-là j’ai vu ton âme. Lynx, de « lux », « lumière » : celui qui voit dans les ténèbres. J’écris pour lever la grille de la page.

Les grosses voitures noires des politiques – réservées pour le cercueil de la vie privée. Des gens instruits nous mènent à la catastrophe. Je n'ai pas ouvert le journal. Je suis allé chercher les nouvelles du jour dans les *Pensées.* Au siècle de Pascal on jette de la paille sur les pavés devant les demeures où s'agite un mourant, afin que son agonie ne soit pas injuriée par le grincement bonhomme des roues des carrosses. Les *pensées* sont le goutte-à-goutte de cette agonie : que nul ne se détourne de son néant. Au terme du chemin qui menait au champ-vieux, il y avait un sureau. La fleur de cet arbre est une paume tournée vers le ciel. Ses fruits, de minuscules planètes mauves. Elles explosent, acides sous la dent. Pascal est ce sureau.

Les dieux de l'air viennent buter contre mes joues pour apprendre ce que ça fait, d'être mortel. Mes souliers, deux vieux chiens de cuir qui s'ébrouent dans la poussière. Les os d'un poème ancien craquent sous mes pieds. Un vent puissant roule les feuillages. Le convoi de l'éternel avec ses trente tonnes de lumière.

La sainteté est un bond non spectaculaire hors du monde.

Comme d'un animal maigre, on le voit palpiter, le cœur.

Je roulais sur les routes du Morvan quand je vis dans le rétroviseur ma vie doublée. Ma mort aussi. Autre chose commençait. Je me souvenais de la fin du monde et de qui l'avait amenée. C'était il y a longtemps.

L'œil du cyclope est sans paupière. Il ne s'éteint jamais. Il nous regarde jour et nuit afin que nous le regardions jour et nuit. Il avance avec sa chemise électronique pleine de taches. Sa langue est comme celle du tamanoir. Elle avale chaque jour des millions d'âmes. Il faut désormais une puissance surhumaine pour rester humain.

Hitler n'était personne. Il était juste la totalité des gens qui le suivaient.

Les remerciements remontés de la cave algorithme, les clins d'œil albinos la nuit : un langage qui n'est plus un langage mais une suite de secousses nerveuses par lesquelles les humains disent adieu à l'humain, chacun mené dans un enfer où tout est possible sauf aimer.

Gare du Nord, le jeune mendiant anglais à tête de caillou mord son pain comme un os, toute l'espérance d'un autre monde serrée entre deux mains de fer.

Les publicitaires sont des thanatopracteurs d'un genre particulier : ils travaillent à rendre mort ce qui était vivant.

La terre se nourrit d'eau fraîche et de poèmes. Depuis des siècles nous ne lui donnons que des chiffres. La faim commence à l'éveiller. Sous la politesse du gazon, les puissances de la lave bouillonnent.

La tempête parfaite s'annonce, celle des morts roulés avec les vivants, des rivières de goudron et des sages à culs de singe.

Entre notre vie et nous, un hygiaphone. Notre ange ne vient plus au parloir.

Je vous écris ce dimanche. Le dimanche est la chambre où Dieu est mort. Sa grandeur y flotte encore. J'ai un livre ouvert à ma droite. C'est un livre de poèmes vivants à la pointe du couteau, lancés comme tels.

Vous arriviez essoufflée, tenant les deux lourds pots de terre avec leurs rosiers « Django » que vous nous offriez. Vous enseigniez à Strasbourg. En vérité nous sommes tous enseignants, du balayeur des rues à l'astronome. Par le balancement de nos bras dans l'air bleu quand nous marchons, par ce livre de présence que forme notre corps cousu à notre âme, par notre seul visage ouvert aux griffes de l'air, nous apportons une parole où que nous allions, et sans en avoir aucune conscience.

À l'instant où je me penche à la fenêtre de cette chambre d'hôtel sous les toits, face à la cathédrale de Strasbourg et à ses aiguillettes vieux rose qui se haussent du col, je vois une souris courir dans la gouttière. Nous sommes à cette seconde, la souris, la cathédrale et moi, transpercés par la même flèche éternelle.

Aucune vie n'est vécue. L'explosion commence juste après la mort. Ce qui précède n'est que le grésillement de la mèche.

« Le soir, j'allai vers Sophie. Là-bas je fus saisi d'une indicible joie – des instants d'enthousiasme jaillissant comme des éclairs – la tombe devant moi, je l'ai soufflée comme une poussière – les siècles semblaient des instants – sa présence sensible : à tout moment je croyais la voir s'avancer vers moi. »

Ce que dit Novalis est tellement merveilleux que je n'existe plus.

J'avançais dans l'air du parc comme une loutre dans l'eau, les ailes du ciel, caressant mes tempes, me faisaient un casque gaulois comme celui jadis sur le paquet de Gauloises bleues. Et je pensais à lui, Novalis.

Sa belle manière d'ouvrir ses bras en cercle afin qu'y tournent l'univers et ses étoiles. Il va avec les ressources inépuisables de *la pensée heureuse* plus loin que les astronautes dans le néant des astres ou les abeilles dans la fournaise des fleurs.

La vie est un état poétique non déchiffré, un parchemin dont notre cœur est l'émiettement, et la poudre de nos os, l'encre. Novalis s'est occupé pendant sa vie brève des mathématiques, des cristaux et de la poésie. Il cherchait une pensée qui n'ait pas l'arrogance coutumière des pensées. La mort de sa jeune fiancée perça la source de cette pensée. « Je veux mourir joyeux comme un jeune poète », écrivait-il. Son visage : un demi-étonnement de biche devant l'inconnu qui afflue avec l'air – et la bravoure d'y faire face comme se jettent dans le feu les âmes pures de vingt ans. Longue, longue chevelure, belle et calme rivière encadrant front et joues. Des yeux tellement francs qu'ils aimantent le réel et l'apaisent. Il meurt à vingt-neuf ans, après avoir demandé qu'on lui joue un air de piano, on ne sait lequel. Je vois la rosée des notes sur ses cils. Son visage, une hirondelle captive, tendue vers l'envol.

La fin soudaine de Sophie l'a jeté sur le rivage de l'éternel d'où il nous fait signe d'un geste discret de la main. Son écriture : les clochettes du vide au cœur d'un cristal. Une pointe de rose évanoui, le grain de sel du bleu d'un *âge d'or à venir.*

Tu ne cherches pas la forme d'un livre mais la forme d'une âme et c'est pourquoi tes livres ne reposent dans aucune formule. Cette absence de repos – pollens qui font la route – est le repos absolu. Un roman inachevé, une lettre d'amour à la nuit et surtout tes *Fragments,* l'oreiller crevé de l'infini et ce duvet qui vole, entre et tournoie dans la chambre de lecture : tu rassembles dans la cour du langage tous *les enfants de l'âme.* À peine un petit troupeau se serre dans un fragment, que le bruit de la page tournée le fait s'éparpiller. Tout est à refaire. Il y a dans la vie quelque chose qui ressemble à tes livres. Un discontinu. Un décousu de l'air. L'absolu s'attrape en passant.

Tu n'as pas écrit tes livres. Tu as laissé la vie même pas « tienne » les écrire, assembler soleils et lunes dans la corbeille de tes bras.

« Nous sommes près de nous éveiller, lorsque nous rêvons que nous rêvons. »

La vie est une couronne trop lourde pour nous. On ne peut la mettre sur notre tête, seulement la tenir entre nos mains quelques années.

Je sais pourquoi tu écris : pour sauver une flamme du feu.

La feuille du mûrier, trouée comme après une mise au poteau, suivie d'une fusillade. Déchiquetée, rouge de larmes, partant en feu, décidant que vieillir était donner à sa chair-esprit l'élan de la dernière flamme, celle qu'on n'oubliera pas.

Je suis une lampe dans une cuisine de Lasserre, petit village de l'Ariège. Je brûle la nuit au carreau, la nuit du Temps et celle du monde qui voudraient m'empêcher d'éclairer mon maître, Alexandre Grothendieck, génie des mathématiques, en rupture de tout milieu, fou et doué de l'indomptable santé de l'enfance. De dix heures du soir à sept heures du matin, sur la table ronde de la petite cuisine, il écrit. Des milliers de pages. Sur la vie, sur les chiffres qui sont un bracelet angélique trituré par les militaires et tous les sinistres domestiques de la communication, des satellites et autres étoiles mornes et mal famées. Il écrit sous ma chaleur, ma confiance lumineuse. Depuis vingt ans, il ne voit personne, que les plantes et les herbes folles, ses amies. Sa maison est cernée de muguets rouges – muraille contre le monde et toutes les conventions, infranchissable d'être légère. Il parle de l'âme et du cœur. Les âmes travaillent la nuit comme le bois des poutres anciennes. Des milliers de pages, *Récoltes et semailles*, tombent sur son crâne : une œuvre qui, partant du bouton de rose d'une seule sensation serrée comme un caillou, se déplie, se déploie plus loin que l'infini des chiffres. Le cœur de chacun contient tout l'univers depuis ses débuts, plus un chant d'oiseau qui a résonné *avant* qu'il y ait un espace et un Temps. Un chant qui a brillé dans le rien, qui a décidé ce rien à sortir de ses habitudes, de son confort métaphysique d'être néant, un chant qui en faisant vibrer les cordes du rien a tout engendré – le noir, le semis des étoiles, les chardons des comètes, la terre et ses hommes, la petite maison pauvre dans l'Ariège, au village de Lasserre, moi-même, pauvre lampe chargée (car tout ce qui existe a une mission, doit la trouver puis l'accomplir) d'éclairer un génie des mathématiques jusqu'à sa mort en guerre avec la technologie et ses deux alliés – le mépris et l'indifférence.

À sept heures chaque matin le génie m'éteint. Il va dormir. J'entends ses pas dans la chambre. Il m'a achetée dans une grande surface. J'étais quelconque. Par lui, par sa demande de lumière, je suis devenue reine. Je ne sais pas ce qui peut sauver le monde. Je le *vois* et c'est mieux que « savoir » : cet homme, âgé, l'enfant qui en lui se confie au papier, bâtit une cathédrale intérieure pour tous et chacun. Ce savant abritait en lui depuis toujours un poète. Enfant il cherchait comment calculer le volume des nuages. Tout est perdu, et rien ne l'est. Avec un peu d'effort, d'amour et d'attention on pourra réentendre le chant premier de l'oiseau des débuts, le dieu d'avant les dieux. Je suis fatiguée. Je vais dormir à mon tour, je me réveillerai à dix heures du soir, *pour lui.* Ce qu'il fait est sans prétention, comme la neige. Des milliers de pages, des milliards de flocons. Si un enfant, quand il colorie un dessin, s'applique à ne pas dépasser le trait, par la force de cette seule attention, même inaperçue, tout est sauvé. Bonne nuit, Alexandre Grothendieck. Je continuerai jusqu'en novembre 2014 d'éclairer votre main, la droite, l'esclave qui écrit, le papier, et aussi, collés au mur devant vous, l'image du masque mortuaire de votre mère, et un portrait de votre père mort à Auschwitz. J'aime vous voir régulièrement copier sur une suite de feuilles les noms de tous les compagnons de votre père qui étaient enfermés avec lui dans le wagon plombé. L'écriture est résurrection et l'oiseau, dans la cage rouge aux barreaux d'os, chante.

Deux semaines avant sa mort j'emmène mon frère pour un examen dans le plus grand hôpital de Dijon. Nous attendons assis dans le hall. Il y a des lumières partout sauf dans les yeux des gens. Je lui dis : c'est incroyable toute cette population qui entre, qui sort, qui souffre. Il me répond : oui, mais au moins ils sont vivants. Puis au retour, après son examen, il demande : on fait quoi, maintenant ? Des funérailles nationales ?

Tout homme est un poète qui meurt à l'hôpital de la Conception à Marseille.

Me voici dans l'église pour l'enterrement de mon frère. L'église est remplie. Je suis seul assis sur un banc long et clair comme une plage vide. Je regarde dans l'allée centrale. Je m'étonne de voir deux prie-Dieu qui la bloquent à mi-chemin et empêchent les participants d'avancer.

J'entends du bruit : c'est le cercueil qu'on amène, tout près de l'endroit où je suis. Le prêtre s'avance. Il a une sale tête. C'est la tête du savoir, la tête du dominant. Cette affreuse domination de la douceur fausse. Et tout d'un coup je m'aperçois qu'on a ôté le couvercle. Je vois les jambes et le torse du mort, mais pas son visage. Il est couvert d'un linge. La sinistre cérémonie peut commencer, quand quelqu'un se penche par-dessus le cercueil et parle au mort qui soudain répond tout en gardant les yeux fermés. Mais ce sont désormais les yeux d'un dormeur et plus d'un mort. Puis je m'aperçois que mon père a pris dans le cercueil la place de mon frère mort. Maintenant, il fait un mouvement de tête, comme dans le sommeil on cherche la place idéale, et son visage sans se blesser heurte légèrement l'oreiller de bois. Un filet de parole sort de la bouche du mort. C'est la parole merveilleusement banale de la vie. Le prêtre a filé comme un rat. Il n'y a plus de cérémonie. Je m'exclame : « Il est vivant, nous n'avons rien à faire ici ! Il faut juste le nourrir, lui donner à boire, le réconforter, et tout ira bien ! » À cet instant l'église se vide, les derniers à la quitter sont un groupe de jeunes gens, des trentenaires. Tous ont à peu près le même visage, à la fois singulier et universel.

Ils ont trente ans comme moi j'ai eu trente ans. Ils sont batailleurs comme on est à trente ans. Impossible de leur attribuer une identité autre que celle de la victoire et de la gaieté muette. On dirait la petite troupe d'anges qui monte et descend d'un rayon de lumière dans certains tableaux anciens. Leur vérité est incontestable. Il s'agit bien de jeunes gens de cette terre de France – mes contemporains. Ce qui fait l'identité de chacun, c'est la certitude de la victoire, comme si j'avais devant moi une confrérie d'amitié du muguet rouge. Et comme à tout évènement il faut une signature, leur signature c'est leurs poings levés de la victoire par-dessus le cercueil, auxquels je réponds par le même geste.

Un petit manège tourne, allumé dans la nuit
comme un chagrin merveilleux.

CHRISTIAN BOBIN

PRIX D'ACADÉMIE 2016

Aux Éditions Gallimard

LA PART MANQUANTE (Folio, n° 2554)

LA FEMME À VENIR (Folio, n° 3254)

UNE PETITE ROBE DE FÊTE (Folio, n° 2466)

LE TRÈS-BAS (Folio, n° 2681). Grand Prix catholique de littérature 1993 et prix des Deux-Magots 1993

L'INESPÉRÉE (Folio, n° 2819)

LA FOLLE ALLURE (Folio, n° 2959)

DONNE-MOI QUELQUE CHOSE QUI NE MEURE PAS. *En collaboration avec Édouard Boubat*

LA PLUS QUE VIVE (Folio, n° 3108)

AUTOPORTRAIT AU RADIATEUR (Folio, n° 3308)

GEAI (Folio, n° 3436)

RESSUSCITER (Folio n° 3809)

L'ENCHANTEMENT SIMPLE et autres textes. *Préface de Lydie Dattas* (Poésie/Gallimard n° 360)

LA LUMIÈRE DU MONDE. Paroles réveillées et recueillies par Lydie Dattas (Folio, n° 3810)

LOUISE AMOUR (Folio n° 4244)

LA DAME BLANCHE (Folio n° 4863)

LA PRÉSENCE PURE et autres textes (Poésie/Gallimard n° 439)

LES RUINES DU CIEL (Folio, n° 5204)

UN ASSASSIN BLANC COMME NEIGE (Folio n° 5488)

LA GRANDE VIE (Folio, n° 6009)

LA PRIÈRE SILENCIEUSE. *En collaboration avec Frédéric Dupont*

NOIRECLAIRE (repris avec CARNET DU SOLEIL en Folio n° 6498)

LA NUIT DU CŒUR (Folio, n° 6857)

PIERRE, (Folio n° 6986)

LE MUGUET ROUGE (Folio n° 7321). Goncourt de la poésie – prix spécial 2023

Dans la collection « Écoutez-lire »

LA PART MANQUANTE (2 CD)

LA FOLLE ALLURE (1 CD)

Dans la collection « Quarto »

LES DIFFÉRENTES RÉGIONS DU CIEL

Aux Éditions Lettres Vives

LE HUITIÈME JOUR DE LA SEMAINE

L'ENCHANTEMENT SIMPLE (repris avec LE HUITIÈME JOUR DE LA SEMAINE, L'ÉLOIGNEMENT DU MONDE et LE COLPORTEUR en Poésie/Gallimard n° 360)

L'ÉLOIGNEMENT DU MONDE

L'AUTRE VISAGE

MOZART ET LA PLUIE

LE CHRIST AUX COQUELICOTS

UNE BIBLIOTHÈQUE DE NUAGES

CARNET DU SOLEIL (repris avec NOIRECLAIRE en Folio n° 6498)

LA MURAILLE DE CHINE

LES POÈTES SONT DES MONSTRES

Aux Éditions Fata Morgana

SOUVERAINETÉ DU VIDE (repris avec LETTRES D'OR en Folio n° 2681)

L'HOMME DU DÉSASTRE

LETTRES D'OR

ÉLOGE DU RIEN

LE COLPORTEUR

LA VIE PASSANTE

UN LIVRE INUTILE

ÉCLAT DU SOLITAIRE

Aux Éditions du Mercure de France

TOUT LE MONDE EST OCCUPÉ (Folio n° 3535)

PRISONNIER AU BERCEAU (Folio n° 4469)

Aux Éditions Paroles d'Aube

LA MERVEILLE ET L'OBSCUR

Aux Éditions Brandes

LE FEU DES CHAMBRES

Aux Éditions Le temps qu'il fait

ISABELLE BRUGES (Folio n° 2820)

QUELQUES JOURS AVEC ELLES

L'ÉPUISEMENT (Folio n° 5919)

L'HOMME QUI MARCHE

L'ÉQUILIBRISTE

Aux Éditions Fario

CŒUR DE NEIGE, *1re éd. Éditions Théodore Balmoral*

Aux Éditions de L'Iconoclaste

L'HOMME-JOIE (Folio nº 6341)

UN BRUIT DE BALANÇOIRE (Folio nº 6680)

Aux Éditions Poesis

LE PLÂTRIER SIFFLEUR

Aux Éditions de L'Herne

L'AMOUR DES FANTÔMES

Livres pour enfants

CLÉMENCE GRENOUILLE

UNE CONFÉRENCE D'HÉLÈNE CASSICADOU

GAËL PREMIER, ROI D'ABIMMMMMME ET DE MORNE-LONGE

LE JOUR OÙ FRANKLIN MANGEA LE SOLEIL

COLLECTION FOLIO

Dernières parutions

6943. Leïla Slimani	*Le pays des autres*
6944. Zadie Smith	*Indices*
6945. Cesare Pavese	*La plage*
6946. Rabindranath Tagore	*À quatre voix*
6947. Jean de La Fontaine	*Les Amours de Psyché et de Cupidon* précédé d'*Adonis* et du *Songe de Vaux*
6948. Bartabas	*D'un cheval l'autre*
6949. Tonino Benacquista	*Toutes les histoires d'amour ont été racontées, sauf une*
6950. François Cavanna	*Crève, Ducon !*
6951. René Frégni	*Dernier arrêt avant l'automne*
6952. Violaine Huisman	*Rose désert*
6953. Alexandre Labruffe	*Chroniques d'une station-service*
6954. Franck Maubert	*Avec Bacon*
6955. Claire Messud	*Avant le bouleversement du monde*
6956. Olivier Rolin	*Extérieur monde*
6957. Karina Sainz Borgo	*La fille de l'Espagnole*
6958. Julie Wolkenstein	*Et toujours en été*
6959. James Fenimore Cooper	*Le Corsaire Rouge*
6960. Jean-Baptiste Andrea	*Cent millions d'années et un jour*
6961. Nino Haratischwili	*La huitième vie*
6962. Fabrice Humbert	*Le monde n'existe pas*
6963. Karl Ove Knausgaard	*Fin de combat. Mon combat - Livre VI*
6964. Rebecca Lighieri	*Il est des hommes qui se perdront toujours*
6965. Ian McEwan	*Une machine comme moi*
6966. Alexandre Postel	*Un automne de Flaubert*

6967. Anne Serre — *Au cœur d'un été tout en or*
6968. Sylvain Tesson — *La panthère des neiges*
6969. Maurice Leblanc — *Arsène Lupin, gentleman-cambrioleur*
6970. Nathacha Appanah — *Le ciel par-dessus le toit*
6971. Pierre Assouline — *Tu seras un homme, mon fils*
6972. Maylis Besserie — *Le tiers temps*
6973. Marie Darrieussecq — *La mer à l'envers*
6974. Marie Gauthier — *Court vêtue*
6975. Iegor Gran — *Les services compétents*
6976. Patrick Modiano — *Encre sympathique*
6977. Christophe Ono-dit-Biot et Adel Abdessemed — *Nuit espagnole*
6978. Regina Porter — *Ce que l'on sème*
6979. Yasmina Reza — *Anne-Marie la beauté*
6980. Anne Sinclair — *La rafle des notables*
6981. Maurice Leblanc — *Arsène Lupin contre Herlock Sholmès*
6982. George Orwell — *La Ferme des animaux*
6983. Jean-Pierre Siméon — *Petit éloge de la poésie*
6984. Amos Oz — *Ne dis pas la nuit*
6985. Belinda Cannone — *Petit éloge de l'embrassement*
6986. Christian Bobin — *Pierre,*
6987. Claire Castillon — *Marche blanche*
6988. Christelle Dabos — *La Passe-miroir, Livre IV. La tempête des échos*
6989. Hans Fallada — *Le cauchemar*
6990. Pauline Guéna — *18.3. Une année à la PJ*
6991. Anna Hope — *Nos espérances*
6992. Elizabeth Jane Howard — *Étés anglais. La saga des Cazalet I*
6993. J.M.G. Le Clézio — *Alma*
6994. Irène Némirovsky — *L'ennemie*
6995. Marc Pautrel — *L'éternel printemps*
6996. Lucie Rico — *Le chant du poulet sous vide*
6997. Abdourahman A. Waberi — *Pourquoi tu danses quand tu marches ?*
6998. Sei Shônagon — *Choses qui rendent heureux* et autres notes de chevet

6999. Paul Valéry	*L'homme et la coquille* et autres textes
7000. Tracy Chevalier	*La brodeuse de Winchester*
7001. Collectif	*Contes du Chat noir*
7002. Edmond et Jules de Goncourt	*Journal*
7003. Collectif	*À nous la Terre !*
7004. Dave Eggers	*Le moine de Moka*
7005. Alain Finkielkraut	*À la première personne*
7007. C. E. Morgan	*Tous les vivants*
7008. Jean d'Ormesson	*Un hosanna sans fin*
7009. Amos Oz	*Connaître une femme*
7010. Olivia Rosenthal	*Éloge des bâtards*
7011. Collectif	*Écrire Marseille.* 15 grands auteurs célèbrent la cité phocéenne
7012. Fédor Dostoïevski	*Les Nuits blanches*
7013. Marguerite Abouet et Clément Oubrerie	*Aya de Yopougon 5*
7014. Marguerite Abouet et Clément Oubrerie	*Aya de Yopougon 6*
7015. Élisa Shua Dusapin	*Vladivostok Circus*
7016. David Foenkinos	*La famille Martin*
7017. Pierre Jourde	*Pays perdu*
7018. Patrick Lapeyre	*Paula ou personne*
7019. Albane Linÿer	*J'ai des idées pour détruire ton ego*
7020. Marie Nimier	*Le Palais des Orties*
7021. Daniel Pennac	*La loi du rêveur*
7022. Philip Pullman	*La Communauté des esprits. La trilogie de la Poussière II*
7023. Robert Seethaler	*Le Champ*
7024. Jón Kalman Stefánsson	*Lumière d'été, puis vient la nuit*
7025. Gabrielle Filteau-Chiba	*Encabanée*
7026. George Orwell	*Pourquoi j'écris* et autres textes politiques
7027. Ivan Tourguéniev	*Le Journal d'un homme de trop*

7028. Henry Céard	*Une belle journée*
7029. Mohammed Aïssaoui	*Les funambules*
7030. Julian Barnes	*L'homme en rouge*
7031. Gaëlle Bélem	*Un monstre est là, derrière la porte*
7032. Olivier Chantraine	*De beaux restes*
7033. Elena Ferrante	*La vie mensongère des adultes*
7034. Marie-Hélène Lafon	*Histoire du fils*
7035. Marie-Hélène Lafon	*Mo*
7036. Carole Martinez	*Les roses fauves*
7037. Laurine Roux	*Le Sanctuaire*
7038. Dai Sijie	*Les caves du Potala*
7039. Adèle Van Reeth	*La vie ordinaire*
7040. Antoine Wauters	*Nos mères*
7041. Alain	*Connais-toi* et autres fragments
7042. Françoise de Graffigny	*Lettres d'une Péruvienne*
7043. Antoine de Saint-Exupéry	*Lettres à l'inconnue* suivi de *Choix de lettres dessinées*
7044. Pauline Baer de Perignon	*La collection disparue*
7045. Collectif	*Le Cantique des cantiques. L'Ecclésiaste*
7046. Jessie Burton	*Les secrets de ma mère*
7047. Stéphanie Coste	*Le passeur*
7048. Carole Fives	*Térébenthine*
7049. Luc-Michel Fouassier	*Les pantoufles*
7050. Franz-Olivier Giesbert	*Dernier été*
7051. Julia Kerninon	*Liv Maria*
7052. Bruno Le Maire	*L'ange et la bête. Mémoires provisoires*
7053. Philippe Sollers	*Légende*
7054. Mamen Sánchez	*La gitane aux yeux bleus*
7055. Jean-Marie Rouart	*La construction d'un coupable.* À paraître
7056. Laurence Sterne	*Voyage sentimental en France et en Italie*

7057. Nicolas de Condorcet — *Conseils à sa fille* et autres textes
7058. Jack Kerouac — *La grande traversée de l'Ouest en bus* et autres textes beat
7059. Albert Camus — *« Cher Monsieur Germain,... »* Lettres et extraits
7060. Philippe Sollers — *Agent secret*
7061. Jacky Durand — *Marguerite*
7062. Gianfranco Calligarich — *Le dernier été en ville*
7063. Iliana Holguín Teodorescu — *Aller avec la chance*
7064. Tommaso Melilli — *L'écume des pâtes*
7065. John Muir — *Un été dans la Sierra*
7066. Patrice Jean — *La poursuite de l'idéal*
7067. Laura Kasischke — *Un oiseau blanc dans le blizzard*
7068. Scholastique Mukasonga — *Kibogo est monté au ciel*
7069. Éric Reinhardt — *Comédies françaises*
7070. Jean Rolin — *Le pont de Bezons*
7071. Jean-Christophe Rufin — *Le flambeur de la Caspienne. Les énigmes d'Aurel le Consul*
7072. Agathe Saint-Maur — *De sel et de fumée*
7073. Leïla Slimani — *Le parfum des fleurs la nuit*
7074. Bénédicte Belpois — *Saint Jacques*
7075. Jean-Philippe Blondel — *Un si petit monde*
7076. Caterina Bonvicini — *Les femmes de*
7077. Olivier Bourdeaut — *Florida*
7078. Anna Burns — *Milkman*
7079. Fabrice Caro — *Broadway*
7080. Cecil Scott Forester — *Le seigneur de la mer. Capitaine Hornblower*
7081. Cecil Scott Forester — *Lord Hornblower. Capitaine Hornblower*
7082. Camille Laurens — *Fille*
7083. Étienne de Montety — *La grande épreuve*
7084. Thomas Snégaroff — *Putzi. Le pianiste d'Hitler*

7085. Gilbert Sinoué	*L'île du Couchant*
7086. Federico García Lorca	*Aube d'été* et autres impressions et paysages
7087. Franz Kafka	*Blumfeld, un célibataire plus très jeune* et autres textes
7088. Georges Navel	*En faisant les foins* et autres travaux
7089. Robert Louis Stevenson	*Voyage avec un âne dans les Cévennes*
7090. H. G. Wells	*L'Homme invisible*
7091. Simone de Beauvoir	*La longue marche*
7092. Tahar Ben Jelloun	*Le miel et l'amertume*
7093. Shane Haddad	*Toni tout court*
7094. Jean Hatzfeld	*Là où tout se tait*
7095. Nathalie Kuperman	*On était des poissons*
7096. Hervé Le Tellier	*L'anomalie*
7097. Pascal Quignard	*L'homme aux trois lettres*
7098. Marie Sizun	*La maison de Bretagne*
7099. Bruno de Stabenrath	*L'ami impossible. Une jeunesse avec Xavier Dupont de Ligonnès*
7100. Pajtim Statovci	*La traversée*
7101. Graham Swift	*Le grand jeu*
7102. Charles Dickens	*L'Ami commun*
7103. Pierric Bailly	*Le roman de Jim*
7104. François Bégaudeau	*Un enlèvement*
7105. Rachel Cusk	*Contour. Contour – Transit – Kudos*
7106. Éric Fottorino	*Marina A*
7107. Roy Jacobsen	*Les yeux du Rigel*
7108. Maria Pourchet	*Avancer*
7109. Sylvain Prudhomme	*Les orages*
7110. Ruta Sepetys	*Hôtel Castellana*
7111. Delphine de Vigan	*Les enfants sont rois*
7112. Ocean Vuong	*Un bref instant de splendeur*
7113. Huysmans	*À Rebours*
7114. Abigail Assor	*Aussi riche que le roi*
7115. Aurélien Bellanger	*Téléréalité*

7116. Emmanuel Carrère — *Yoga*
7117. Thierry Laget — *Proust, prix Goncourt. Une émeute littéraire*
7118. Marie NDiaye — *La vengeance m'appartient*
7119. Pierre Nora — *Jeunesse*
7120. Julie Otsuka — *Certaines n'avaient jamais vu la mer*
7121. Yasmina Reza — *Serge*
7122. Zadie Smith — *Grand Union*
7123. Chantal Thomas — *De sable et de neige*
7124. Pef — *Petit éloge de l'aéroplane*
7125. Grégoire Polet — *Petit éloge de la Belgique*
7126. Collectif — *Proust-Monde. Quand les écrivains étrangers lisent Proust*
7127. Victor Hugo — *Carnets d'amour à Juliette Drouet*
7128. Blaise Cendrars — *Trop c'est trop*
7129. Jonathan Coe — *Mr Wilder et moi*
7130. Jean-Paul Didierlaurent — *Malamute*
7131. Shilpi Somaya Gowda — *« La famille »*
7132. Elizabeth Jane Howard — *À rude épreuve. La saga des Cazalet II*
7133. Hédi Kaddour — *La nuit des orateurs*
7134. Jean-Marie Laclavetine — *La vie des morts*
7135. Camille Laurens — *La trilogie des mots*
7136. J.M.G. Le Clézio — *Le flot de la poésie continuera de couler*
7137. Ryoko Sekiguchi — *961 heures à Beyrouth (et 321 plats qui les accompagnent)*
7138. Patti Smith — *L'année du singe*
7139. George R. Stewart — *La Terre demeure*
7140. Mario Vargas Llosa — *L'appel de la tribu*
7141. Louis Guilloux — *O.K., Joe !*
7142. Virginia Woolf — *Flush*
7143. Sénèque — *Tragédies complètes*
7144. François Garde — *Roi par effraction*
7145. Dominique Bona — *Divine Jacqueline*

7146. Collectif	*SOS Méditerranée*
7147. Régis Debray	*D'un siècle l'autre*
7148. Erri De Luca	*Impossible*
7149. Philippe Labro	*J'irais nager dans plus de rivières*
7150. Mathieu Lindon	*Hervelino*
7151. Amos Oz	*Les terres du chacal*
7152. Philip Roth	*Les faits. Autobiographie d'un romancier*
7153. Roberto Saviano	*Le contraire de la mort*
7154. Kerwin Spire	*Monsieur Romain Gary. Consul général de France*
7155. Graham Swift	*La dernière tournée*
7156. Ferdinand von Schirach	*Sanction*
7157. Sempé	*Garder le cap*
7158. Rabindranath Tagore	*Par les nuées de Shrâvana* et autres poèmes
7159. Urabe Kenkô et Kamo no Chômei	*Cahiers de l'ermitage*
7160. David Foenkinos	*Numéro deux*
7161. Geneviève Damas	*Bluebird*
7162. Josephine Hart	*Dangereuse*
7163. Lilia Hassaine	*Soleil amer*
7164. Hervé Le Tellier	*Moi et François Mitterrand*
7165. Ludmila Oulitskaïa	*Ce n'était que la peste*
7166. Daniel Pennac	*Le cas Malaussène I Ils m'ont menti*
7167. Giuseppe Santoliquido	*L'été sans retour*
7168. Isabelle Sorente	*La femme et l'oiseau*
7169. Jón Kalman Stefánsson	*Ton absence n'est que ténèbres*
7170. Delphine de Vigan	*Jours sans faim*
7171. Ralph Waldo Emerson	*La Nature*
7172. Henry David Thoreau	*Sept jours sur le fleuve*
7173. Honoré de Balzac	*Pierrette*
7174. Karen Blixen	*Ehrengarde*
7175. Paul Éluard	*L'amour la poésie*
7176. Franz Kafka	*Lettre au père*
7177. Jules Verne	*Le Rayon vert*

7178. George Eliot — *Silas Marner. Le tisserand de Raveloe*
7179. Gerbrand Bakker — *Parce que les fleurs sont blanches*
7180. Christophe Boltanski — *Les vies de Jacob*
7181. Benoît Duteurtre — *Ma vie extraordinaire*
7182. Akwaeke Emezi — *Eau douce*
7183. Kazuo Ishiguro — *Klara et le Soleil*
7184. Nadeije Laneyrie-Dagen — *L'étoile brisée*
7185. Karine Tuil — *La décision*
7186. Bernhard Schlink — *Couleurs de l'adieu*
7187. Gabrielle Filteau-Chiba — *Sauvagines*
7188. Antoine Wauters — *Mahmoud ou la montée des eaux*
7189. Guillaume Aubin — *L'arbre de colère*
7190. Isabelle Aupy — *L'homme qui n'aimait plus les chats*
7191. Jean-Baptiste Del Amo — *Le fils de l'homme*
7192. Astrid Eliard — *Les bourgeoises*
7193. Camille Goudeau — *Les chats éraflés*
7194. Alexis Jenni — *La beauté dure toujours*
7195. Edgar Morin — *Réveillons-nous !*
7196. Marie Richeux — *Sages femmes*
7197. Kawai Strong Washburn — *Au temps des requins et des sauveurs*
7198. Christèle Wurmser — *Même les anges*
7199. Alix de Saint-André — *57 rue de Babylone, Paris 7e*
7200. Nathacha Appanah — *Rien ne t'appartient*
7201. Anne Guglielmetti — *Deux femmes et un jardin*
7202. Lawrence Hill — *Aminata*
7203. Tristan Garcia — *Âmes. Histoire de la souffrance I*
7204. Elsa Morante — *Mensonge et sortilège*
7205. Claire de Duras — *Œuvres romanesques*
7206. Alexandre Dumas — *Les Trois Mousquetaires. D'Artagnan*
7207. François-Henri Désérable — *Mon maître et mon vainqueur*
7208. Léo Henry — *Hildegarde*

7209. Elizabeth Jane Howard	*Confusion. La saga des Cazalet III*
7210. Arthur Larrue	*La diagonale Alekhine*
7211. Hervé Le Tellier	*Inukshuk, l'homme debout*
7212. Jean-Christophe Rufin	*La princesse au petit moi. Les énigmes d'Aurel le Consul*
7213. Yannick Bestaven	*Mon tour du monde en 80 jours*
7214. Hisham Matar	*Un mois à Sienne*
7215. Paolo Rumiz	*Appia*
7216. Victor Hugo	*Préface de* Cromwell
7217. François-René de Chateaubriand	*Atala* suivi de *René*
7218. Victor Hugo	*Le Rhin*
7219. Platon	*Apologie de Socrate*
7220. Maurice Merleau-Ponty	*Le doute de Cézanne*
7221. Anne Delaflotte Mehdevi	*Le livre des heures*
7222. Milena Busquets	*Gema*
7223. Michel Butor	*Petite histoire de la littérature française*
7224. Marie Darrieussecq	*Pas dormir*
7225. Jacky Durand	*Plus on est de fous plus on s'aime*
7226. Cecil Scott Forester	*Hornblower aux Antilles. Capitaine Hornblower*
7227. Mia Kankimäki	*Ces héroïnes qui peuplent mes nuits*
7228. François Noudelmann	*Les enfants de Cadillac*
7229. Laurine Roux	*L'autre moitié du monde*
7230. Robert Seethaler	*Le dernier mouvement*
7231. Gilbert Sinoué	*Le Bec de Canard*
7232. Leïla Slimani	*Regardez-nous danser. Le pays des autres, 2*
7233. Jack London	*Le Loup des mers*
7234. Tonino Benacquista	*Porca miseria*
7235. Daniel Cordier	*La victoire en pleurant. Alias Caracalla 1943-1946*
7236. Catherine Cusset	*La définition du bonheur*

7237. Kamel Daoud	*Meursault, contre-enquête*
7238. Marc Dugain	*La volonté*
7239. Alain Finkielkraut	*L'après littérature*
7240. Raphaël Haroche	*Une éclipse*
7241. Laura Kasischke	*À Suspicious River*
7242. Étienne Kern	*Les envolés*
7243. Alexandre Labruffe	*Wonder Landes*
7244. Virginie Ollagnier	*Ils ont tué Oppenheimer*
7245. John Steinbeck	*Des souris et des hommes*
7246. Collectif	*La poésie à vivre. Paroles de poètes*
7247. Gisèle Halimi	*Plaidoirie pour l'avortement*
7248. Gustave Flaubert	*Récits de jeunesse*
7249. Santiago H. Amigorena	*Le premier exil*
7250. Fabrice Caro	*Samouraï*
7251. Raphaël Confiant	*La muse ténébreuse de Charles Baudelaire*
7252. Annie Ernaux	*L'autre fille*
7253. Margaret Kennedy	*Le festin*
7254. Zoé Oldenbourg	*Argile et cendres*
7255. Julie Otsuka	*Quand l'empereur était un dieu*
7256. Pascal Quignard	*L'amour la mer*
7257. Salman Rushdie	*Grimus*
7258. Antoine Wauters	*Le musée des contradictions*
7259. Nathalie Azoulai	*La fille parfaite*
7260. Claire Castillon	*Son empire*
7261. Sophie Chauveau	*Journal intime de la Vierge Marie*
7262. Éric Fottorino	*Mohican*
7263. Abdulrazak Gurnah	*Paradis*
7264. Anna Hope	*Le Rocher blanc*
7265. Maylis de Kerangal	*Canoës*
7266. Anaïs LLobet	*Au café de la ville perdue*
7267. Akira Mizubayashi	*Reine de cœur*
7268. Ron Rash	*Une terre d'ombre*
7269. Yasmina Reza	*Théâtre II*
7270. Emmanuelle Salasc	*Hors gel*

Tous les papiers utilisés pour les ouvrages des collections Folio sont certifiés et proviennent de forêts gérées durablement.

Composition : Entrelignes
Impression Novoprint
à Barcelone, le 11 janvier 2024
Dépôt légal : janvier 2024

ISBN 978-2-07-304608-6 / Imprimé en Espagne

618390

COLLECTION FOLIO